LE PLOMBIER

ALLEN MORGAN
MICHAEL MARTCHENKO

Texte de Allen Morgan

Illustrations de Michael Martchenko

Les éditions de la courte échelle inc.
5243, boul. Saint-Laurent
Montréal (Québec) H2T 1S4

Conception graphique: Derome design inc.

Dépôt légal, 3ᵉ trimestre 1999
Bibliothèque nationale du Québec

Édition originale: *Matthew and the midnight flood*, Stoddart
(Kids) Publishing Co. Limited
Traduction française: Raymonde Longval

La courte échelle bénéficie de l'aide du ministère du Patrimoine
canadien dans le cadre de son Programme d'aide au déve-
loppement de l'industrie de l'édition. La courte échelle est aussi
inscrite au programme de subvention globale du Conseil des
Arts du Canada et bénéficie de l'appui du gouvernement du
Québec par l'intermédiaire de la SODEC.

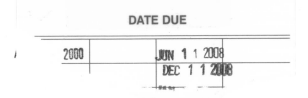

la courte échelle

Les éditions de la courte échelle inc.

Données de catalogage avant publication (Canada)

Morgan, Allen

[Matthew and the midnight flood. Français]

Le plombier

(Drôles d'histoires; 25)
Traduction de: Matthew and the midnight flood

ISBN: 2-89021-362-5

I. Martchenko, Michael. II. Longval, Raymonde. III. Titre.
IV. Titre: Matthew and the midnight flood. Français.
V. Collection.

PS8576.O642M26514 1999   jC813'.54
PS9576.O642M26514 1999
PZ23.M67Pl 1999

D1412205

Achevé d'imprimer
sur les presses de Litho Acme inc.

Depuis ce matin, il pleut très fort. Mathieu joue avec ses super-héros dans une flaque d'eau, près de sa maison.

Lorsqu'il rentre chez lui, ses vêtements sont trempés. Il descend directement au sous-sol et les met dans la sécheuse.

C'est alors qu'il remarque un trou dans le plancher de béton. C'est un drain. Il n'est pas aussi gros que celui de la rue, mais il semble assez profond.

Mathieu attache une ficelle autour de son robot et le fait descendre dans le trou. Malheureusement, le robot reste coincé. Même en tirant très fort sur la ficelle, Mathieu ne parvient pas à dégager son super-héros.

Lorsque sa mère l'appelle pour prendre son bain, Mathieu attache la corde à un tuyau et promet à son robot de revenir aussi vite que possible.

Sur le rebord de la baignoire, Mathieu aligne ses super-héros et des animaux de sa ferme miniature. Ensuite, il jette à l'eau un arrosoir, une flotte de bateaux et un gros bol de plastique rempli de petites voitures. Puis il se glisse dans la baignoire, où il trouve avec peine un coin pour s'asseoir.

Catastrophe! Un puissant raz-de-marée se produit et une vague immense fait tomber toutes les voitures au fond de l'eau. Heureusement, la bande de super-héros est prête à porter secours aux naufragés. Mathieu tire sur le bouchon de la baignoire juste au moment où sa mère entre dans la salle de bain.

«Quel dégât! soupire-t-elle. Range tes jouets et mets ton pyjama. Je descends voir si tes vêtements sont secs. Je reviendrai te dire bonne nuit.»

Mathieu regarde l'eau s'écouler par le drain. «Je me demande bien où s'en va toute cette eau», songe-t-il.

Lorsque Mathieu se met au lit, il entend sa mère parler au téléphone:

«Je sais qu'il est tard, mais j'ai besoin d'un plombier. Mon sous-sol est inondé.»

Mathieu descend alors au sous-sol.

Quelle horreur! Le plancher est recouvert d'une mare d'eau et sa mère a étendu des journaux autour du drain pour contenir l'inondation. Mathieu ramasse sa collection de bandes dessinées et la monte dans sa chambre, juste au cas où...

«Est-ce que quelqu'un viendra débloquer le drain?» demande-t-il.

«Pas avant demain matin, répond sa maman. Les plombiers sont trop occupés. Beaucoup de maisons sont inondées.»

«Peut-être que l'eau s'en ira toute seule», dit-il.

«Je l'espère bien, mon chéri», soupire sa maman.

Elle lui souhaite bonne nuit et Mathieu s'endort aussitôt.

Vers minuit, on frappe à la fenêtre de la chambre de Mathieu. Le garçon se lève pour voir de quoi il s'agit.

Dehors, l'eau est tellement haute qu'elle atteint le rebord de sa fenêtre. Juste en face de lui, Mathieu aperçoit un homme dans un bateau.

«Vous avez appelé un plombier?» demande l'homme.

«Oui, oui, répond Mathieu. Le drain de notre sous-sol est bouché.»

«Je ne peux pas m'occuper de cela maintenant, explique le plombier. Je dois d'abord aller en ville, car il y a des tas de problèmes. Mais pourquoi ne viens-tu pas m'aider? Je pourrai ensuite réparer gratuitement le drain de ta maison.»

Amusé par la proposition, Mathieu court enfiler ses bottes et saute dans le bateau. Quand le plombier hisse la voile, le bateau prend le large.

Le ciel est sans nuage, la lune brille et un huard pousse son cri dans la nuit.

Rendu à la bibliothèque, Mathieu s'informe de ce qui se passe.

«Nous construisons un barrage! répondent en choeur les gens. Si nous n'agissons pas tout de suite, la bibliothèque de bandes dessinées va être inondée.»

Mathieu et le plombier se joignent à eux. L'eau monte rapidement et risque à tout moment de passer par-dessus bord. Tous les amateurs de bandes dessinées mettent la main à la pâte et empilent les journaux.

«Sauvons les bandes dessinées! Sauvons les bandes dessinées!» crient les dindons en lançant leurs livres dans les airs.

«Nous arrivons juste à temps», dit le plombier à Mathieu, en lui montrant une chaîne argentée qui pend du toit d'un édifice.

«Cette longue chaîne ressemble à celle du bouchon de ma baignoire, remarque Mathieu. Mais elle est beaucoup plus grosse!»

«C'est exact, répond le plombier. Maintenant, allons-y! Il faut nous mettre au travail.»

Le plombier ouvre un coffre et en sort deux scaphandres.

«Nous les portons toujours pour les gros travaux», dit-il à Mathieu.

En deux temps, trois mouvements, ils enfilent les scaphandres. Le plombier saute dans l'eau.

Mathieu le suit et il reçoit presque aussitôt un appel radio: «Plombier 2 à Plombier 1. Tourne le bouton qui se trouve sur ta ceinture.»

Mathieu s'exécute et les réacteurs se mettent en marche. Le garçon se déplace à grande vitesse.

«C'est formidable d'être un plombier!» crie Mathieu en riant.

«C'est vrai, mais il ne faut pas le dire. Sinon, tout le monde voudra devenir plombier», lui explique son ami.

Après quelques minutes, les scaphandriers découvrent le drain principal de la ville. Il est complètement bloqué par un gros bouchon de caoutchouc. Le plombier secoue la tête.

«Nous aurons besoin de tous nos pouvoirs spéciaux pour retirer ce bouchon», dit-il.

Le plombier tourne un autre bouton de sa ceinture et Mathieu l'imite. Puis, tous deux saisissent la chaîne et tirent très fort. Tout à coup, le bouchon saute.

«Accroche-toi bien!» crie le plombier.

L'eau se met à tourbillonner rapidement en s'écoulant par le drain. Mathieu et le plombier s'agrippent à la chaîne. Tout ça est très excitant, particulièrement pour les dindons qui surveillent l'opération du haut du barrage.

«C'est un raz-de-marée! Un véritable typhon! s'exclament les dindons. C'est bien la première fois qu'on s'amuse autant à la bibliothèque!»

Tout le monde éclate de rire et salue les deux sauveteurs.

«Contents d'avoir été utiles», dit le plombier en retirant son scaphandre.

Mathieu et le plombier descendent dans le drain.

Au bas de l'échelle, ils se retrouvent devant un grand lac souterrain. Ils font un signe secret et un bateau s'approche d'eux. L'équipage les invite à monter à bord.

«Que font ces robots?» demande Mathieu.

«Ils nous aident à réparer les machines géantes, explique le plombier.
Et maintenant, allons à la pause.»

Mathieu suit son nouvel ami à travers de
petites cavernes et d'étroits couloirs. Ils
débouchent finalement dans une grande
pièce où se trouvent des tables de billard
et une baignoire remplie de mousse.

Plusieurs plombiers en maillot de bain se
prélassent en mangeant des croustilles,
des hot-dogs, de la réglisse et d'immenses
cornets de crème glacée. Un peu plus loin,
quarante-trois téléviseurs sont allumés,
chacun à une chaîne différente.

«C'est le centre de repos secret où nous
venons nous détendre après le travail»,
dit le plombier.

Et il donne à Mathieu une casquette
spéciale, comme celles que portent tous
les autres plombiers.

«Il est temps de rentrer chez toi», annonce le plombier.

Mathieu et son ami longent de nombreuses rivières souterraines. Arrivé près de la maison de Mathieu, le plombier soulève la plaque d'égout et aide le petit garçon à grimper.

«N'oublie pas le drain de notre sous-sol», rappelle Mathieu.

«Je m'en occupe tout de suite», répond le plombier.

Mathieu lui dit au revoir, rentre chez lui, se met au lit et s'endort aussitôt.

Le matin, dès six heures, Mathieu se réveille et se précipite au sous-sol pour voir si le plombier a tenu parole. Oui, le drain est bel et bien réparé et toute l'eau s'est écoulée.

Et lorsque Mathieu tire sur la ficelle qu'il avait attachée à un tuyau, son super-héros sort du drain et tombe sur le plancher.

Après avoir accroché son super-héros à sa casquette, Mathieu court réveiller sa mère.

«L'eau est partie! L'eau est partie!» s'écrie-t-il en sautant sur le lit.

«C'est toi, Mathieu?» demande sa mère en ouvrant un oeil.

«Hier soir, le plombier est venu et nous avons empêché la ville d'être inondée, raconte Mathieu. On a aussi sauvé la bibliothèque de bandes dessinées.»

«La bibliothèque de bandes dessinées?» s'étonne sa mère en ouvrant l'autre oeil.

«Et ce n'est pas tout! Le drain du sous-sol est réparé. L'eau s'est presque toute écoulée. Le plancher est encore un peu mouillé, mais ça ira», la rassure Mathieu.

«Où est donc allée l'eau?» lui demande sa mère.

«Désolé, mais je ne peux rien dire, répond Mathieu. C'est un secret de plombier.»